短歌とエッセー

田園の日々 Ⅱ

小野沢竹次

田園の日々Ⅱ

田園の日々Ⅱ　目次

季節の巡りに

新年の社殿に凛と響きけり若き宮司の祝詞《のりと》の声は

新しき年の光の淑気満つ神鈴振れば吾が心にも

この年も佳き歌詠まむダイヤモンドダスト
がことばのやうに降る朝

夕映えに耀《かがや》ふ雪の連山は神宿るごとしばし仰ぎぬ

ステージにアダモが歌ふ「雪が降る」吾が心にも降りしきる雪

雪舞へば越後生まれの亡き祖母の角巻き姿眼に浮かびくる

コンビニに「バナナボート」も売られゐて飯山銘菓妻は買ひ来ぬ

寒き夜はシチューを食べたきと思ひしが帰宅
のドアにシチュー匂ひぬ

あたたかき炬燵にて食《は》むラ・フランスは山形
の陽の匂ひも乗せて

冬空を仰ぐ欅の哀愁はたとへば高倉健の背に
似て

蹄鉄屋桶屋飴屋もあったっけ語る人なく峡に
雪降る

雪女はつかに赤き頰寄せて「淋しくなゐか」
と問ふ夢の中

「待ち春」といふ菓子のあり雪深き窓辺に
吾れも春待つこころ

雪の中に椿はぢっと春を待つ堅き蕾の見る夢
は何

三月の淡雪なれば明かるくて春をささやくや
うに降りくる

雪国の洋菓子店にも春が来て賑はひてをりホワイトデーに

千曲川赤き鉄橋けざやかに雪解《ゆきげ》の水のくぐりゆくなり

「ほら見て」と庭より駆けて来し妻の手の
ひらに緑のふきのたう五つ

北国に春は来にけりふきのたうも雪押しのけ
て太陽に笑む

豪雪もやうやく消えて境内に幟《のぼり》はためく今日
春祭り

山桜あえかにうすきくれなゐの風と戯むる峠路に来て

黄の色は希望の色ぞ福寿草連翹水仙吾れを励ます

戸隠の代参終えて宿坊の湯より眺むる山桜かな

廃線の駅舎もいつしか毀《こは》されてホームの桜風
に舞ひをり

物干しに父の褌《ふんどし》ひらひらと風浴びてゐる春の
午後かな

英霊も童子童女の墓誌も濡れ丘にやさしき春
の雨降る

アカシヤの花房映しふるさとの千曲川にも夏は来たれり

千曲川に沿ひて真白き灯のやうに花アカシヤの咲き揺れて初夏

どくだみが低き軒端に干されゐて限界集落人影を見ず

「山菜で生活してます。取らないで」霧の山道立て札ぬっと

どこまでも過疎続きゐてどこまでもセイタカアワダチソウの群落

よしきりの啼く川べりに魚釣りの帽子の男ぢっと動かず

魚釣りの男大きな鮎を上げ見知らぬ吾れにもVサインする

傾きしイチイの幹に巣をかけて忙しさうなり
椋鳥の日々

吾が庭に無窮花《ムグンファ》白く咲く頃に思ひ出ずなりか
の国の友

去年《こぞ》の夏仕込みし梅酒抱へ来て嚙みしめて飲
む琥珀のひかり

松の木に猿《ましら》のごとき庭師ゐて思ひ切りよく枝
剪《き》り落とす

菩提寺に今を盛りと咲く蓮を訪ふ人あまた吾
れも見に来て

ハクビシンまた出没の時期となりたうもろこしの齧《かじ》り捨てあり

六尺の雪に埋もれる山里も熱中症予防の回覧板回る

炎帝を逃れはしゃぎぬボウリングストライクなど出ればことさら

吾が庭にランタンのごと揺れて咲く凌霄花《のうぜんかずら》は
夏を謳歌す

凌霄花庭に散り敷くさま見れば酒宴の後の盃
のやうにも

悠然と吾が庭よぎる狸ゐて通ひ慣れたる道ゆ
くやうに

作物を襲ひしゆゑに捕へられうりんぼ兄弟射
殺されたり

盆過ぎて今度は祭りが待ってゐる集会所より
囃子の練習

山盛りのあけびを貰ひし日もありき寡黙なる
君の訃報届きぬ

真夜中に起き出《いで》て飲む一杯の水の旨さに植物となる

貰ひたる白桃の実の艶にして夜を匂ひぬ夢の中にも

春購《か》ひし登山帽子も色褪せて雲高くゆく秋となりたり

秋の夜のワイングラスのみずうみに映りし遠き夢のいくつか

そっと来てそっと去りゆく秋なれど私の心に置きゆきしもの

弥生時代の鉄剣眠りゐしといふ丘の古墳にいちやう降り積む

吾が庭にアサギマダラは来たりけり今フジバカマの花を巡りて

妣《はは》植ゑしムラサキシキブ露まとふ一枝剪りて
仏前に挿す

十五夜の庭にささめきあふやうにコスモスた
ちも月見の宴

夏の野にひそと咲きゐし野バラなり赤き実と
なりまたひそと秋

文化祭に喰ひしすいとん旨ければ遠慮しなが
らお代り頼む

送られし晩白柚《ばんぺいゆう》はでんごろり炬燵の上にとま
どひてをり

四季咲きのバラは律儀に雪の日も花開きをり
重たげに咲く

積りたる雪を掻き分け吾が穫りしレタスの緑
食卓に映ゆ

一通の年賀状

今年の正月、自分あてに届いた年賀状は全部で一二〇枚ほどであった。県内からのものが断然多いが北海道や九州からも懐かしい知人の便りがあった。

そのほかに外国郵便も一通あって封を切ってみると、中に見開きのカードが入っていて「誕生日おめでとう、クリスマスおめでとう、新年おめでとう」と英語で書いてあった。見覚えのあるその文字を見て私は驚いた。それは一昨年、県の青年の船での海洋セミナーでマニラを訪問した時、現地の交歓会で知り合った彼女からの便りだった。

船に乗って見知らぬ異国に行けることに関心はあっても、交歓会などにはあまり期待もしていなかったのだが、グループごとの交流会でその彼女たちと一緒になり、みんなで公園を散歩したり、ショッピングに案内してもらったりまた歌を歌ったりしてけっこう楽しかった。

彼女はフィリピン女子大学の学生で自分と年は離れていたが、クリスマスをはさんで誕生日が近かったのでクリスマスカードに「おめでとう」をまとめて書くことができたのだった。

交流会の時は彼女の母親も一緒に来て、いつも笑顔で自分たちを歓迎してくれたのを思い出す。

戦争を知らない世代の自分たちだが戦時中の日本とフィリピンの不幸だった関係を考えると、私はその人たちの陽気な表情にとまどいさえ感じた。

この国の多くの人たちが日本に友好的だとは思わないが、新しい時代の新しい親善関係もまた大事なことだと思った。

フィリピンでの訪問を終えて船がマニラ港を離れる時、紙テープが舞い「ほたるの光」の流れる中で少し感傷的になっていた自分に気がついた。

海洋セミナーが終ってその後も彼女から時々便りがあって、家族のことや学生生活のこと、将来への希望などを書いてよこしてくれた。私も絵はがきを送ったり、慣れない英語で近況などを書きしたためた。

今こちらは一面真っ白の銀世界である。その中で、長い間途絶えていた道祖神が復活して三年目の行事が行われた。自分たち公民館関係者が中心になって、村のこども達と共に作り上げた道祖神は、夜空を焦がして威勢よく燃えあがり集まった人たちの歓声を呼んだ。その火祭りの炎を見上げながら、雪のないマニラの彼女のこともふと思ったりした。

（昭和52・1・20信毎、生活雑記）

塩の道を歩いて

信越県境の関田山脈には十以上の峠道があり、いずれも昔から人々が行き来して物資の交流も盛んだった。その山なみの南端のV字型になっている切通しが富倉峠で、明治十年に今のような形に切り開かれた。そこは県境ではなく峠の向こう側も長野県であり、私の妻の生まれ在所でもあるが、今は通る人もなく廃道になっている。

何年か前のことだが市の公民館報で「塩の道」を歩くハイキングが行われるのを知り参加したことがある。それ以前にも山脈の北の方にある深坂峠や関田峠へ妻と一緒に車で行ったことがあったが、そのハイキングの時も妻と共に参加した。

総勢四〇名ほどで飯山城趾を徒歩で出発し、ところどころで史跡の説明などを聞き、人家のある集落を経て山道を登り富倉峠から尾根伝いの古道をゆく全長約一〇キロのコースだった。

峠に着いて妻が作ってくれたおにぎりで昼食をとり休憩した。眼下には千曲川が帯のように流れ、その向こう側に自分たちの集落や、神社の大きな欅の木もよく見えた。

実は小学校の遠足の時、ほぼ同じ道をたどり富倉峠の近くの炭坑を見学したことがあった。懐中電灯を手にして暗い坑道を下りて行ったことを今でも覚えている。

その後炭坑は閉山したが私にとってはその時以来の峠への再訪だった。また妻の話によれば昔は人の往来もにぎやかで富山の薬屋や、高田の瞽女《ごぜ》さんたちも、街道沿いにある妻の生家へ立ち寄ったことがあったという。

昼食後尾根の旧道を北へ向かって歩いた。途中には昔の旅人や牛馬を休ませた茶屋の跡もあり、井戸だけが当時のままに残っていて中を覗くと水がこんこんと湧いていた。なおこの尾根にはかつて大きな杉の木がそびえていたが落雷で倒れてしまった。その昔、日本海沖から直江津港に向かう船が港への目印にするほどの大木だったという。

そしてこの塩の道は戦国時代、上杉謙信が何度も通った軍用道路でもあったのだが、その謙信の軍勢もこの稜線から千曲川を見おろし、また遥かに川中島方面を眺めて戦意を奮い立たせたことだろう。木立ちの中を歩きながらそんなことを考えると、昔の武士たちの雄たけびや馬のいななきもふと聞こえるような気がした。

古道からおりて集落に入ってようやくハイキングが終り、待っていたバスに乗り出発点の飯山へ戻った。久しぶりの山歩きに気持がリフレッシュできた。

往時の人たちが歩いた道に自分もまた足跡を重ねてきたことに感慨を覚えながら夕映えの中の山なみを振り返った。

（平成17・4・8）

野良に歌へば

幼き日疎みし農もこの腕に馴染みて五十年目
の作業日誌買ふ

三尺の雪もやうやく消えたれば半年ぶりの田
に逢ひにゆく

ひばり鳴く春の畑に父母とゐて夢を語りし
日々懐かしむ

雨の日に代掻く吾れを巡り飛ぶつばめが数羽
腹を見せつつ

ねじ花の夢見る色を刈り残し畦道帰る今日も
いい日だ

田植には「結《ゆひ》」をもらひてまた返すかかる
慣習《ならひ》もあったあの頃

田の中に水鶏《くひな》の卵見つけてはゆでてくれたる
父を思ひぬ

手に余るきなこむすびの大きさよおばばの握
った田植の小昼《こびる》

田植休み稲刈り休みのありし頃野良は活気に
満ちゐしものを

篤農家と呼ばれし人らも世を去りて「農魂不
滅」の石碑は憂ふ

採算が合はねば田畑も荒れ果てて浸蝕進む耕
作放棄地

トラックの運転手やめ帰農して稲作三年君逝
きしとは

八人の家族と共に馬・牛も写真の中に生きて
ゐた頃

提灯の明かりにて稲を刈りしこと古老は語る
青空の下

「カスリーン」「ジェーン」「キティ」と台風
におみな名付けしもみな暴れたり

刈り上げのぼたもち甘く旨かりし重箱の隅の
あんこも舐めて

大鍋の湯気の向かうに蝗《いなご》煮る達者な祖母と秋
の青空

穂を垂れて稲も聞ゐてる祭り笛もうすぐ旨き
米となるらん

新しきコンバインにて刈りゆけば笑ひはじけ
るやうな稲穂よ

コンバイン戦車のごとく立ち去りて刈り田
広々月光遊ぶ

（米価闘争）も死語となりしかむしろ旗に
集ひし農の意気はいづこに

一代にひとつと聞きし挽臼《ひきうす》の七つばかりが庭
に鎮座す

この頃の政局は腑に落ちなくて稲田を巡り青
き風吸ふ

刈り終へて家路に向かふコンバイン一番星も
ねぎらふやうに

楽しみは取り入れ終り出荷済み妻と熱燗酌み
交はすとき

鬼神堂の俳額

いつの頃とも知れぬ遠い昔、そのあたり一帯に鬼が住んでいたという言い伝えから「鬼神堂《きじんどう》」と呼ばれる字名がある。鬼とは恐ろしや、鬼などこの世にいるものかと思うかもしれないが桃太郎の鬼退治の話や、節分の鬼やらいの例もあるように人間にとって鬼はいつも身近な存在だったようだ。

またこどもの頃に読んだ「泣いた赤鬼」の童話ではそういう心のやさしい鬼も本当にどこかにいたのかなと思ったりした。

鬼の伝説に由来するこの鬼神堂は古くから名所として近在にも知られ、当地の民謡の中にも歌われている。そして今から八五年ほど前、昭和天皇の御即位記念にこの地において「鬼神堂」を献題として盛大な句会が催されたことがあった。

村内はもちろん千曲川の対岸から、あるいは高社山の南側からも同好の人々が参集し俳句を詠みあったのである。その人たちの句をしたためた俳額が今も鬼神堂にある神社の中に掲げてある。

長い年月の間に墨もかすれ、判読が難しい文字もあるがそれでも目を凝らしてよく見ると、

鬼神堂男女そろひて田植唄
郷土史をさぐる夜長や鬼神堂
鬼神堂伝説の地や雪つもる

などの情緒ある作品が読みとれる。重苦しい戦争の時代に入る前の平和だった一時期に、人々は俳句の世界にひととき心を遊ばせたのだろう。

その中に書かれている百句ほどのそれぞれに当時の人たちの素朴ながらも精いっぱいの思いがこめられている。そこに名をとどめている作者たちはすでに鬼籍に入り、その句会があったことを知る人もまた世を去って、茫々たる歳月だけが俳額の傍らを通り過ぎていった。

鬼神堂かいわいの雪も消えて、今年も恒例の神社の春祭りが行われた。お神酒《みき》に酔った宮司と氏子総代たちが帰ったあと、境内の落葉を巻き上げて一陣の風が

吹いた。その風に誘われてどこからともなく鬼たちが現われて来そうな春の夕暮れどきのことだった。

（平成25・5・13信毎、生活雑記）

古代の鉄剣に思うこと

今から二一年前の夏、隣村にある小さな丘の遺跡から弥生時代のものと思われる土器と共に古代の鉄剣が出土した。

その丘は我が家からもよく見える所にあり、私がこどもの頃は近所の友だちと一緒にそこまで遊びに行って駆け回ったこともあった。その鉄剣のことが新聞で報道された時、当時まだ健在だった父は軽トラックに乗ってその現場まで見学に行った。

私の両親は戦前、今の北朝鮮のピョンヤンの近くに住んでいて父は警察官をしていた。自家用の野菜を作り、鶏も少し飼っていた。現地の人から生まれたこどもの名前をつけてほしいと頼まれたこともあったという。

そして官舎の近くにあった古墳なども見て回ったと聞いた。我が家のすぐそばの丘で朝鮮半島伝来のものと推定される鉄剣が発見されたことを知り、父は昔を思い出して見に行ったのかもしれない。私も後日、遺跡のあるその丘まで行ったり、村の資料館で鉄剣の実物を見せてもらった。

有史以来稲作技術や仏教など多くの文化が大陸から朝鮮半島を経由して我が国に伝えられてきた歴史があるが、半島南部の伽耶《かや》地方で三世紀から七世紀に発達した渦巻き模様の鉄剣が雪深い山国の、この奥信濃に伝来していたことに私も大変驚き関心を引かれた。

遺跡にはその後県内外からもたくさんの考古学ファンが訪れたという。遺跡の発掘調査団によればそこは有力な首長の墓であり、この地に相当高度な文化も存在していたことが考えられるという。

よく晴れた秋のある日、私は家の庭から遺跡のある丘を眺めて遠い歴史のかなたにあったであろう、半島から渡来した人たちと彼らを歓迎した地元の人々との交流のことなどを想像してみた。そして千数百年以上もの長い間、そこに眠っていた古代の鉄剣にさまざまな思いを巡らせた。

（平成29・10・29）

父母の肖像・猫のゐる風景

大正の大震災も聞きゐしや母の形見の土びなたちは

摩周湖のほとりに立ちし父と母長き歳月隔てて笑《え》まふ

「豆のたね」「大根のたね」小袋に遺しし母
の文字懐かしむ

亀のごとまろき小さき母の背に灸するゑやりし
夜も遠きこと

いつしかに母の生家もなくなりて影長く引く
アパート建ちぬ

身につけることなく母は逝き給ふ父買ひくれし珊瑚のネックレス

たまゆらの迎へ火の中浮かびしは姉さん被りの母の面影

高校入学の吾れを祝ひて買ひくれし中古自転
車精一杯の父

幼き日父刈りくれしバリカンの錆びしもいと
ほし手に乗せて見る

幼くて負はれし背なは広かりき老いてやせた
る父の背を洗ふ

母逝きて十年たちぬ「まっすぐに生きよ」と
言ひし言葉忘れず

母亡き後一人寝の父淋しやと猫が時々添ひ寝
してをり

父宛ての古き手紙の女文字思ひ切々大戦前夜

初年兵の父が曠野の夜に聞きし驢馬の啼く声切なかりしと

九十余年生き来し父に軍歴の十年巌《いはお》のごとく重しも

九十五の父に肥後より曾孫来て笑ひ転げて帰りゆきたり

白寿まで父は生きむかあと二年庭に草引く背なを励ます

世の中は不景気なれど吾が庭の柿甘ければ老父喜ぶ

春来なば柿の苗木を植ゑたしと九十八の父真顔で語る

幼な馴染みの父と母なり晩年は二人そろひて歌会に行き

父植ゑし胡桃はいつしか六十歳梢仰げば父の声する

過去帳に兄と姉あり生前の父母《ちちはは》つひにそを語らざり

吾が知らぬピョンヤンをテレビは映しをり父母住みし街兄眠る街

桜舞ふ病院の裏口そっと出て無言の帰宅へ向かふ一台

在りし日の笑顔も声も閉ぢ込めて柩は今し炉の中へ消ゆ

亡き母の読みし「原型」幾冊か形見と思ひ書棚に残す

屋根裏に父が使ひし魚籠《びく》三つ退屈さうに転がりてをり

彼岸なほ膝までの雪踏みて来し父母の墓前に一人香焚く

月の夜の残雪踏みてどこよりか見知らぬ猫が
逢ひ引きに来る

逝く春の愁ひを抱くや吾が猫はふと空見上げ
（旅に出やうか）

電話などかけてる妻と思ひしが喧嘩に負けし猫なだめをり

妻と飲むコーヒーが好き春炬燵ビロードのやうな猫も寝てゐて

鏡のぞき「私まだまだいけるよね」つぶやく妻に猫は立ち去る

客来れば仏壇の裏に入る猫人見知りなり飼ひ主に似て

好物はキャットフードのかつを味ねずみは苦手瞑想が好き

炎天下の浜離宮を歩みゐて毛皮まとひし黒猫
に遭ふ

暑き日は猫もかなはずよろよろと体《たい》を運びて
日陰に倒る

「裸のマヤ」と同じポーズで夕涼みしてゐ
る猫にしばし見とれる

透きとほる蜻蛉の羽根に戯れて仔猫は秋の陽の中を跳ぶ

オリンピックの熱狂よそに吾が猫は泰然として今日も瞑想

前足を組みて品良き猫なれど時々舌を出して寝てをる

眠れ眠れ楽しき夢を見るやうに座蒲団五枚の
上に猫置く

「かぐや姫」読み聞かせたる日もあれば満
月仰ぐある夜の猫は

器量良き仔猫もらはれゆきたれば鳴きつつ捜
す母猫あはれ

駅前のビルの窓より白猫が今日も雑踏の群れ
睥睨《へいげい》す

駅長の帽子も時には重からむ客あまた呼び
「たま」殉職す

（おいとまをします）と告げて去年《こぞ》の秋家を出たまま猫は帰らず

どんどこど雪が降る降るどんどこど仔猫を抱いて冬ごもる日々

三とせ前埋めし仔猫の塚くぼみオドリコソウが一面に咲く

映画「慕情」を見に行って

昨年の十一月の初め、新聞の海外ニュース欄の片隅に、中国系イギリス人の女性作家で医師でもあるハン・スーインさんの訃報記事が載っていた。九十五歳だったという。

彼女の自伝的小説が一九五五年にハリウッドで映画化され大ヒットした。それが邦題で「慕情」という作品だった。私がまだ二〇代の頃、買い集めた映画音楽全集のレコードの中にもその曲があった。「太陽がいっぱい」や「エデンの東」あるいは「ジェルソミーナ」などを何度もくり返し聞いて、それらの映画も見たのだが「慕情」は長い間ずっと見る機会がなかった。

その後私が二八歳の時、神戸からイギリス船に乗って香港へ旅行で訪れたことがあり、その映画の舞台となった海を見おろす丘の上にも行った。摩天楼を背景に港に漂う小さなジャンクの群れは私にとってまるでおとぎの国の世界のようだった。

それからまた長い年月が過ぎて今年の夏のこと、往年の懐かしい映画ばかりをシリーズで紹介する催しでこの「慕情」が長野市内の映画館で上映されることを新聞の案内で知り、車を走らせて早速見に行った。ＤＶＤも市販されているがやはり大型スクリーンで見たかったのである。

館内の座席に座って周囲を見るとみな私ぐらいの年齢で女性の方がやゝ多いように見えた。そして聞き慣れたあのテーマ音楽と共に映画が始まり、香港の風景が映し出されてくると遠い日の旅の記憶がまざまざとよみがえってきた。街なかの雑踏の様子や、客船がゆきかう港の景色に思わず懐かしさがこみ上げた。

映画の内容はジェニファ・ジョーンズとウイリアム・ホールデンが演ずる女医と従軍記者のラブストーリーで紆余曲折を経た後、二人の恋は周囲からも祝福されて成就するのだが、折りからの朝鮮戦争で彼は戦場に派遣され、取材中に戦闘の巻きぞえに遭い命を落としてしまう。

無情に引き裂かれた運命に彼女は嘆き悲しみ、涙ぐみながら在りし日の彼の姿を回想する。そのエピローグのシーンでも美しい香港の風景をバックに「慕情」

の音楽が胸に沁みるように流れた。

上映が終った後、私はしばらくその余韻に浸りながら映画館を出た。この映画が製作されて半世紀以上の歳月がたち、香港は九九年の租借期間を終えてその後イギリスから中国に返還されたが、もう一方の舞台である朝鮮半島は今も鉄条網を隔てて緊張状態が続いている。

かつて私は韓国のソウルや大邱へも行ったことがあるがその際、朝鮮戦争で亡くなった多くの韓国側の兵士が眠る広大な国立墓地を訪れ花環を捧げてきた。軍事境界線の北側にもきっとたくさんの墓標が立ち並んでいることだろう。

同じ民族同士でありながら敵と味方に分かれて戦った朝鮮戦争では半島全体で一般の民衆も含めて五百万人以上が亡くなったと推定されている。いつの時代も戦争は多くの人々の心に深い悲しみと傷あとを残すばかりでしかない。愛する人をその地で失った天国のハン・スーインさんもことさらにこの半島の国の平和を待ち望んでいたのではないだろうか。


（平成25・10・30）

ブーゲンビリアの花かげに

ある夏の日の午後、郊外のホームセンターの店先で、薄紅色の鉢花が並んでいるのが目にとまった。近づいてみるとブーゲンビリアの花だった。可憐な花びらが揺れるともなくまぶしい日差しを浴びていた。

この花を見ると、もう四〇年以上前に訪れた沖縄のことを思い出す。当時沖縄はまだ日本復帰前で、アメリカの統治下にあり、渡航するには身分証明書や入域許可証が必要であり通貨もドルだった。

南国特有の暑さの中でハイビスカスやデイゴが華やかに咲いていたがそれらに比べて小ぶりで清楚な感じのブーゲンビリアという名前の花を初めて知った。

沖縄はあの太平洋戦争の末期、「鉄の暴風」と形容されるほどの激しい米軍の艦砲射撃と、上陸後の無差別な攻撃で、多くの住民が犠牲になった戦場の島だった。

たくさんの慰霊碑が立ち並ぶ糸満市の摩文仁の丘で、その沖縄戦のありさまを切々と語ってくれたガイドさんの説明に、私は大変ショックを受けた。そして逃げ場を失い、追い詰められた住民たちがあちこちで集団自決をしたという話も聞いてなおさら胸が痛んだ。

もとより戦後生まれの世代ではあるが、あの戦争でこのような悲惨で痛ましい出来事があったことを、私は沖縄の地を踏むまでまったく知らなかった。

澄んだ青い海や野に咲いている花の風景は、穏やかで平和そのものに見えたが私が訪れる二〇数年前、ここは確かに阿鼻叫喚の地獄だった。戦争は終ったけれど沖縄の人たちが負ったさまざまな心の傷は今も癒えることはないだろう。

ブーゲンビリアははるか南太平洋にあるブーゲンビル島の原産で、花の名前もそこに由来するのだがその小さな島もまた、あの大戦で多くの兵士が血を流し命を落とした場所だった。戦争という愚かな行為をしていた人間たちを、この花はきっと悲しい目で見ていたのかもしれない。

（平成27・8・26信毎、生活雑記）

すぎゆきの光の中を

教室を抜け出て山の柿喰ひし思ひ出今も楽しかりけり

悪童と野道を駈けて馬糞踏み騒ぎしことも懐かしきかな

洟《はな》たれが小さきポケットに忍ばせた「肥後《ひごの》守《かみ》」はいつも良き友だった

機《はた》を織る母のそばへはゆけなくて離れて見て
ゐた幼き吾れは

もらひ湯に行きし遠き日はじめての牛乳風呂
に吾れ驚きぬ

フライパンに蟬の幼虫転がしていためて食べた罪人《つみびと》吾れは

茱萸《ぐみ》・酸塊《すぐり》・棗《なつめ》・桑の実・蜂の子を食みて童《わらべ》の日々過ごしたり

幼き日冬の納屋より運ばれし一頭の馬いづこゆきしか

自転車のキャンデー売りがやって来て十円で
買へた至福の時間

（利休ねずみ）の意味も判らず城ヶ島に歌
碑のレプリカ買ひし中三

十王堂に昔遊びし子ら老いて祀《まつ》られし座像の表情に似る

夭折の友は今でも詰め襟で写真の中に何か言ひたげ

廃屋の窓を覗けば馬の鞍遠き昔のいななき乗せて

味噌漬けの匂ふ弁当覗きこみ卵焼き半分くれし友ゐて

頼まれて代筆をせし恋文の行方いずこに友のその後も

校庭にフォークダンスも踊りしが「住所不明」とあり名簿の君は

すぎゆきの光の中をゆく電車学帽の吾れ窓辺に笑ふ

通学の車窓に読みし「デミアン」のページめくれば十八の吾れ

鼻よりも歯が先きに出る先生の渾名《あだな》かはゆし（山桜）とふ

放課後に奢《おご》ってもらった中華そば恩師は五十六歳で逝きぬ

ビーカーに小豆を入れてことことアルコールランプで煮てゐた理科室

いつも腰に手拭ひ下げて歩いてた友の愛称（おじさん）と言ふ

五十年会ふこともなき友なれど海辺の町より賀状また来る

学校林に吾れらが植ゑし杉苗のその後はいかに五十年経て

廃線の駅は七駅通学の車窓の景は今も眼にあり

廃線となりて幾とせ赤錆びしレールの果てにかげろふの駅

本棚に吾が青春も見るやうな背表紙古りし
「二十歳の原点」

「全学連」「デモ」のことなど書きくれし女
学生君も遠きまぼろし

「尋ね人の時間」が昔ありまして吾れにも
尋ねたき人のあり

止まり木の吾が手のひらに名を書きて君去り
ゆきし雪の夜のこと

「夜間飛行」「禅」などといふ香水の名に思
ひ出ず君の横顔

太き眉ニヒルな眼《まなこ》思ひつつ一人聞きをり「黒い花びら」

藤村の書きし「惜別の唄」なれば君に贈らむ吾が愛唱歌

突然の友の訃報は自死といふ巡る思ひのひと
日重かり

亡き友の標札今もそのままに露地の細道夕陽
が遊ぶ

同級会の写真に笑《え》まふ君なれどかくれんぼし
てもう出てこない

吾が描きし機関車の絵を褒《ほ》めくれし教師はいずこ機関車も消ゆ

夭逝の友のことなど語りしが話題次へと同級会は

クリスチャンにあらねど聖書のいくつかのことば書きつけし古き日記に

文学を語りて飲みし夜もありき小説一篇遺し友逝く

青春は一瞬間の流れ星吾が眼に残る光消ゆるな

吾が訪ひし「挽歌」の街も思ひ出ず原田康子
の訃報を聞けば

東北線車中に語りしおばさんも一期一会の旅
の断章

雪残る蔵王山頂よりくだり来て早苗田揺れる
野をドライブす

出航の連絡船の甲板に聞きしはるかな「螢の光」

長崎を訪ひし遠き日思ひつつ古書店に買ふ「この子を残して」

駅の名は「尾道《おのみち》」とあり若き日の夜行列車の旅の車窓に

沖縄の戦跡巡りゆくバスに「海ゆかば」歌ふ
若きガイドは

刻まれし名にそれぞれの生ありて「平和の
礎《いしじ》」海に抱かるる

基地がある島ゆゑ背負ふかなしみの重く「慰
霊の日」はことさらに

デッキには「日曜はダメよ」流れゐしかの船
旅の懐かしきかな

驟雨きてレインボーブリッジ渡る時バスの車
窓に海傾きぬ

新幹線金沢駅に降り立ちて妻に電話す春風の
中

新聞部にいた頃

高校時代、新聞部に所属していて学校新聞の編集・発行に携わったことがあった。そして高校卒業間近の二月半ばに年度末の最後の新聞ができあがった時、顧問のY先生が部員の中の自分たち三年生三人を自宅に招いて夕食をごちそうしてくれた。鍋にいっぱいのすき焼きをみんなで食べながら、今までの思い出や将来のことに話がはずみ、楽しい時間を過ごした。そしてその夜は先生の家へ泊めてもらった。

卒業式が済んだ後も残務整理のために登校して、新聞を交換しあっていた県内の他の高校へ自分たちの新聞を発送したり、広告代の集金や印刷屋への支払いなどをしてやっと新聞部の任務が終った。

後年、私は社会人になって自分が住んでいる集落の公民館委員になり、公民館事業の連絡や報告のために初めて館報を作ることになり、かつて新聞部にいた時の経験が思いがけなく役立った。

その頃はガリ版刷りだったので他の委員と共に仕事の合い間をぬって原紙の上に鉄筆を走らせ記事を書いた。それを謄写版で集落の戸数分、約一二〇枚のワラ半紙に刷って各戸へ配った。その館報を読んでとても面白かった、とわざわざ声をかけてくれた人もいて嬉しかった。

刷り上がったばかりの、インクの匂いのする第一号の館報を手に小躍りして喜んでいた当時の公民館長はとうに亡くなられたが、あの時自分たちが最初に作った館報は四〇年以上たった現在も、連綿と受けつがれて発行されている。

ふり返ってみればそのほかにも青年団の広報や、市の4Hクラブの機関誌の発行にも私は縁があってかかわってきた。そしてそれらの活動の原点が高校の新聞部で三年間お世話になったY先生との出会いだったと思うことがある。

一見、気むずかしい感じのする先生だったが実は何かと面倒見のいいY先生の横顔をはるか昔のできごとになってしまったあのすき焼きの味と共に思い出すのである。

(平成28・3・20)

詠み人知らずの歌

（幼くて癩《らい》病む謂《いは》れ問ひつめて母を泣かせし夜の天の川）

私の部屋の本棚に五〇年ほど前に買い求めた一冊の短歌の本がある。「戦後の短歌」と題された四〇〇ページほどの文庫本だが、当時の社会情勢を反映して詠まれたさまざまな分野の人たちの短歌が収録されている。著名な歌人の作品と共に、市井の人々の歌も載せられていたが短歌を始めたばかりでまだ二〇歳の頃の私には難しいものもあった。

その中でふと目に留まった一首に胸を突かれるような衝撃を受けた。それが冒頭の短歌だった。

ハンセン病患者であるその作者が幼い頃、自分の病気のことを母に問いただし、母親は泣いてしまったという。無数の星がまたたく銀河の下で、それは切なくも悲しい思い出だったのだろう。慟哭《どうこく》する母と子の姿も目に浮かぶようなこの歌に私はいたく心を打たれた。

初めて読んだ時に赤鉛筆でしるしをつけたその短歌の作者の名は記されていない。けれども私にとってハンセン病患者の苦難の歩みを知るきっかけにもなった歌だった。

普通に生きてゆくことさえも否定された明治時代からの強制隔離政策は人権侵害であり憲法違反であるとの判決が出て一五年になるが、差別と偏見が無くなったわけではない。

その後も療養所にいた人がホテルの宿泊を拒否されたり、親族との縁を切った人もいると聞く。裁判には勝訴したが元患者の周りの環境はあまり変っていないとの声もある。

同じ社会に暮らす一員として、せめて私は共に生きる気持を持ち続けていたいと思う。詠み人知らずのその歌は、今も私の心の琴線に響く。

（平成28・7・20信毎、私の声）

折りにふれて（1）

人間を袋詰めにして船に乗せ運びゆきたり
「地上の楽園」

「会ひたい」と老母語りき「会ひたい」とさらはれし子をひた待ち逝きぬ

満面の笑みを浮かべてミサイルの発射喜ぶ彼の国のリーダー

冬の海に漁《すなど》る小さき木造船異国より来ぬ生活《たつき》
のために

コーヒーを炬燵に飲みつつ粛清の新聞記事を
寒々と読む

身辺にふとしのび寄る恐怖あり雑踏の街無人
の場末

さまよへる難民あまた影引きて美《は》しき地球を
歩みゆくなり

海岸に打ち上げられし難民の幼き遺体は襁褓《むつき》
付けゐて

飢餓に臥す少年に蠅が乱舞してレポーターやがて「今亡くなりました」

傾きしままに回れるこの星の飢餓と飽食のアンバランス軸

冬銀河またたく下に鬱深き地球人吾れら呼吸《いき》して暮らす

今もなほ「嘆きの壁」に嘆く民銃声止まぬ国を憂ふる

オリンピックの歓声のかげに砲煙の止まぬ国あり不思議な地球

七十年戦《いく》さなき日本といふけれど回る地球に戦火は絶えず

テロを恐れぬ少女のことば凛としてノーベル
平和賞のマララ女史を称《たた》ふ

病床に無念もあらむ為すべきの多くを残し劉
暁波氏逝く

かかる世にグラハム・ベルも嘆くらむ電話が
詐欺のツールとなりて

アラン・ドロン引退の報を聞く夕べ「太陽が
いっぱい」胸よぎりたり

家出して旅の駅舎に客死せしトルストイ思ふ冬の流れ星

三万年永久凍土に眠りゐし（スガワラビランジ）花咲きしとふ

声に出し読めば心も洗はれて私の愛する憲法前文

賜はりし「慈光」の色紙手にとれば誓玉上人のそばにゐるごと

その昔豆腐屋なりし吾が家の包丁を時々納屋へ見にゆく

見事なる盆栽背負ひバスに乗る老爺はこれからどこへゆくのか

廃業の和菓子屋の奥にふと見たる菓子品評会の大き賞状

ベランダに洗濯物を干す妻をふとしみじみと
見つめてゐたり

珍らしく妻が本など読んでゐて覗けば昔吾が
買ひし「斜陽」

喧嘩してゐしが突然妻が言ふ「私より先きに
死んじゃいやだよ」

鋏もて妻のうなじの髪を切るいつよりか吾が
務めとなりぬ

柿の名は「御仏殿」とふ山あひの妻の生家の
いと甘き柿

瞽女《ごぜ》たちも門付《かどつ》けに来し山あひの妻の生家の
大屋根仰ぐ

若き日に住みし神戸の思ひ出を笑みつつ語る
義母は九十四歳

長野まで「愛染かつら」を観に行きし思ひ出
語る義母の眼うっとり

白壁の土蔵柿の木坂の道池を覗けば鯉は悠々

三十二歳で逝きしは妻の祖母なりき幼な子五
人に心遺して

無住寺の解体されて過疎の村太きいちやうが
一本残る

廃寺の境内跡のいちやうの木太き根元に銀杏
あまた

谷底の分教場の玻璃窓にオルガンの音も絶え
て久しき

ふるさとを見おろす山の尾根に来て三角点を
手に確かむる

塩の道ゆきし昔の人偲び峠に立てば海はるか
見ゆ

曽祖母が生まれし村にもゐたといふ安吾親し
も写真に見入る

謙信が幾たび渡りし千曲川いま新幹線の橋脚またぐ

謙信も信玄の齢も吾れ越えて秋の夜長に読む合戦記

越後より舞ひて来たりし朱鷺《とき》一羽信濃に遊びまた去りゆきぬ

斬首されし義民供養の地蔵尊千曲河畔に夕陽を浴ぶる

無念さを今に伝へて赤地蔵義憤の心吾れも忘れまじ

「高原の旅愁」を女将《おかみ》と歌ひたる場末の飲み屋も更地となりぬ

露地裏の細道の奥猪豚《いのぶた》を喰はせる店ののれんをくぐる

この町に濁酒《マッコリ》を出す店ありてソウルの友を思ひつつ飲む

スーパーにカートを押して住職は楽しさうなる顔も乗せゆく

個人情報保護の世なれど誰れも彼も監視カメラに映されてゐる

駅伝に声援受けて駈けし町シャッター通りとなりて淋しも

公園の機関車霧に濡るる夜は疾駆せし日々夢
にたどるや

呼び止めて焼き芋買へば「出稼ギノ日本寒
イ」と芋売りは言ふ

聞き慣れぬ町名となりて友の住む村の名風に
さらはれて消ゆ

集会所の火鉢囲みて「しんせい」「ききよう」
吸ってた人たちみなもう居ない

鬼に追はれよもやここまで来はしまい名の由
来聞く「よもや橋」とぞ

湯の町に巡業の力士とすれ違ふ大きタオルを
振り返り見る

「我レ今ダ木鶏タリ得ズ」かく言ひし双葉
山思ふ今の角界に

盤上に少年棋士の白き指フラッシュの中歩兵をつまむ

傷みたる扇子なれども愛用す谷川名人揮毫の書なれば

対局時計のボタン押す時人生の残り時間もふと見るやうな

となり家の鳩舎を時々覗き来るいたちの背伸びまた見たりけり

三十年使はざる桶を引き出せば乾いた音して箍《たが》はずれたり

誰が読みし「鑛石ラヂオの作り方」七十余年を納屋に眠りて

こほろぎのやうな形《なり》して壁際を斥候のごと走るは何者

昨夜《よべ》舞ひし蝙蝠ならむ朝の庭に小さき翼閉じて動かず

曽祖父が幼き頃に実を食みし二百余歳のイチイ傾く

金貸しをしてゐた曽祖父の小手帳に百年前の人の名並ぶ

境内に昭和九年の手水鉢曽祖父の名を指もてなぞる

酒臭き酒屋へ酒を買ひにゆきし幼き吾れは祖父に頼まれ

熱燗の酒に酔ひつつ思ふかな酒呑みの祖父酒呑まぬ父

供木を免がれし神社の大けやき戦さなき世も
見つめて来たり

かの時代射撃訓練の場となりし林の奥に土塁
静もる

蝉しぐれ鎮守の杜《もり》にひた満ちてここより征き
し兵は還らず

野戦病院よりふるさとへ書きし一通の便りが
叔父の遺書となりたり

死ぬことも親孝行と教へられ戦さに果てし兵
士やあはれ

八人の子らを育てし祖母なれど一人戦死の子
に嘆きたり

軍服の遺影終戦日を知らず二十四のまま七十
年過ぐ

「平和の碑」に刻まれしあまたの戦死者の
みな若くして殺されしこと

あまりにも遠き島ゆゑ戦ひに果てしも嘘とひた待ちしとふ

「父ちゃんのゐる家が羨ましかった」と戦争遺児の文胸を刺す

侵略の地に作られし国の名は「満州」といふ悲しき器《うつは》

「対馬丸」魚雷に撃たれて沈みしを隠さうとしてゐたんだなんて
終章の場面にいつも泣かされて何度も見たね「火垂るの墓」を

「生還を期さず」と征きし学徒らの雨の行進今も切なく

一家十人集団自決の記録あり満蒙開拓に励みし後に

「もういやだ」「戦争なんてゴメンだね」あれは確かな誓ひなりしが

代議士をなぜ先生と呼ぶのだらうわからない
なあどこが先生

候補者の土下座アップに映さるるそんなにし
てまで票が欲しいか

啄木はワーキング・プアを歌ひしが四億円貯
めし政治家もゐて

「悔ひのない人生だった」と言ふ人に吾れ
驚くも羨望はせず

（もう生まれ変はりたくもない）と呟《つぶや》きて
ハンセン病患者の重き沈黙

遠い日の五百円札

電車で通学していた高校時代のことだった。駅の改札口を出て学校の方へ歩いて行くと、不意に一人の少年が私のそばへ近づいて、「お兄ちゃん、お金をちょうだい」と声をかけてきた。突然のことに私は驚いたが始業時刻も迫っていたし、すぐその場を立ち去ろうとした。

しかし少年は小さな手のひらを重ねたまま動かない。私を見上げている一一歳か一二歳くらいのその子の目を見ていたら、何だかかわいそうな気持にもなり、ポケットの財布の中にあった一枚の五百円札を取り出して彼の手の上に乗せた。

少年は「ありがとう」と言ってたちまち人ごみの中へ走り去って行った。私は一瞬、キツネにつままれたような気分だった。

その頃の自分にとって五百円は決して少い金額ではなかった。当時、私の下に小、中学生の三人の弟妹がいて、父母もお金のかかる時期だったと思う。私はクラスの担任の先生の勧めもあって、日本育英会から毎月千円の奨学金を貸与されていた。

少年にお金を渡して小さな財布がなおさら軽くなったような気がしたが、しかしあまり後悔の気持ちもなかった。彼は私よりも困っているのかもしれないと思った。少年にお金をあげたことはその後ずっと、父母にも誰にも話すことなく過ぎた。

それから数年後、村の若い衆の仲間に入り、神社の秋祭りで獅子舞いを奉納することになった。その時いただいた御祝儀袋の中には五百円札が入っていて、それを見てあの時の少年のことがふと胸をよぎった。

その頃出回っていた紙幣も今は硬貨に代わって、いつの間にか見かけなくなった。

あの五百円札のことを思うと、見知らぬ少年の目に憐憫《れんびん》の情を誘われた遠い日の駅前の光景もありありと思い出すのである。

（平成30・2・6信毎、私の声）

薬師寺の屋根瓦に寄せて

ゆく秋の大和の国の薬師寺の塔の上なるひとひらの雲　佐々木信綱

中学生の頃、国語の教科書に載っていたその短歌ではじめて薬師寺の名を知った。一幅の絵を見るような印象的な歌だがその後、高校の修学旅行で奈良の薬師寺を訪れ、東塔を背景に記念写真に収まった。

五年ほど前の新聞でその東塔の解体修理の際、長野県内の多くの学校名が刻まれた屋根瓦がたくさん見つかったという記事を読んだ。

それによれば戦後まもない頃、奈良県などでつくる「国宝保存連盟」から信濃教育会への依頼により、修繕のために学校単位で多額の募金が集まり屋根瓦などに代えられたという。それはまだ私が小学校に入る前のことだった。

つい先日、市の「ふるさと館」でその時寄贈された瓦の一部が里帰りして展示会が行われていると聞き、関心があったので見に行った。

ガラスケースの中に並べられていたのは五枚だけだったが、私の母校の「木島小學校」と刻まれた瓦の文字を見てとても懐かしく思った。それから妻の母校でその後廃校になった「富倉小學校」と書かれた瓦もあった。

六〇余年という風雪に耐えて国宝である薬師寺東塔の屋根に置かれていたそれらの瓦に感慨深いものを感じた。

また私は昭和四五年の夏、所属していた4Hクラブ関係の行事で佐賀県へ行った時、そこでのイベントの一環として当時の薬師寺管主、高田好胤《こういん》師の講演を聞いたことがあった。

好胤師はその頃から大変有名な人で、講演のために各地を駆け回っておられた。佐賀でも大勢の聴衆を前に僧衣姿で演壇に立ち、「心に種《たね》をまく」という題で農村に生きる若者たちに向けて含蓄のある講話をされた。

今回、母校の名前が刻まれた屋根瓦をしみじみと見つめながら、在りし日の高田好胤師の温顔も思い出し、私はあらためて薬師寺により深い親しみを感じた。

（平成30・3・4）

折りにふれて（2）

無防備の人ら原発事故に遭ひふるさと追はれて花いちもんめ

人影もなき原発の町に咲く美《は》しき桜の鬱深からむ

「東北で良かった」などと言ひし人吾が心にもあらむやと問ふ

「牛を殺すな」「俺を殺せ」と泣きしとふその飼ひ主の心思へば

搾りたる牛乳捨てて牛捨てて農夫はおのが命断ちたり

除染土のフレコンバッグ黒々と果てなく積ま
れ春の陽を浴ぶ

秋天の吉里吉里《きりきり》湾に浮かぶ舟津波の不明者を
今も捜して

二百余名の消防団員殉職す津波に消えしその
若き身は

復興を吾れも願ふに福島の桃は売れずのニュースを憂ふ

やうやくに稔りし稲にセシウムは基準値越えて農夫の落胆

「平成」に込めし願ひとうらはらに災害あまたこの三十年

どこよりか迷子のインコ舞ひ来たり吾れと吾が部屋観察してをり

ありのままを映す鏡といふけれど私ではない私が見える

百二歳の遺影の前に焼香す極楽浄土にゐるやうな笑み

フェルメールの少女を包むやはらかき光が私の胸に入り来る

美しきことば綴りし「神謡集」アイヌの少女は十九で逝きぬ

黒猫が夢二の絵より抜け出してここへ来たのか野の道に遭ふ

蟹の名は「タダタダタダヨウガニ」といふ吾
れも漂ふこの世の波に

美形とは言ひ難けれどその名良き「ユキフリ
ソデウオ」いとしかりけり

カーテンの揺れて人影動きたりダンス教室夕映えの窓

美智子妃の給桑の映像に思ひ出ず養蚕当番高一の夏

陛下にも孤独の心ありしとふ過ぎし日の会見思ふ冬の夜

薬師寺の瓦に母校の名もありて高田好胤師の
温顔浮かぶ

無縁仏となりし墓石か草かげに傾きゐるをそ
っと起こしぬ

この地より「西南の役《えき》」に征きしとふ兵士は
いかな思ひを抱きて

常連の名もいつしかに代りゆき吾が五十年目
の歌壇読みをり

ふるさとの野菜包まれし新聞に吾が歌見たと
都会の友は

月渡る秋の夜長を一人読む「遺愛集」の歌胸
に沁みくる

死刑執行にひとつの命露と消ゆ彼にも無邪気
な日々はありしが

二十年吾れが履きたる皮靴は刑務所製なりい
と心地良し

蓄音機に聞きし「湯の町エレジー」は大人の
世界の憧れも乗せ

ラジオより「越後獅子の唄」流れきて眼を閉
じて聴くひばりの声を

三島由紀夫に魅《ひ》かれて読みしその秋に衝撃の
自死今も不可解

恥多き生涯吾れにも覚えあり胸底に置く「人
間失格」

吾れの眼をじっと見つめて「ジュール叔父」
のやうな老人（お恵み下さい）

日本語が壊れてしまっていつよりか変質したり「鳥肌立つ」も

敬語さえ支離滅裂と思ふかな理解に苦しむ（させていただく）

なくしたる鉄筆やうやく見つけたり使ふ予定はなきものなれど

ぐびぐびと呑んで絡んでくだを巻き同じ事言
ふやれやれまたか

花ならば半開が良し酒もまた微酔よきかな深
酒避けよ

壊れたるオルゴールなれどねじ巻けば少し鳴
りたり「エリーゼのために」

心地良き音楽流るる歯科医院これから始まる
抜歯のひととき

麻酔いま吾が口中を惑はせて奥歯一本忽然と
消ゆ

夢の中でなくしちまった蟇口《がま》を夢から覚めて
捜さうとした

病棟の窓ゆ静かに呼吸《いき》してる午前三時の街明かり見る

真夜中のナースステーションに煌々といのち見守る灯のあたたかさ

壁を塗る若き職人黙々と大きピアスが頰に揺
れをり

尾崎豊のカセットテープを聴いてゐる妻の領
分吾れとは段差

新しきウォーキングシューズを妻履きて闊歩
してゆく朝霧の中

バックミラーに映りしは誰れ霧深き修那羅峠を越えゆく時に

雨の夜の舗道にナナハン起こしゐる女ありけり黒き皮ジャン

熊本の姪の声聞く電話口地震《なゐ》まだ止まぬ不安さも乗せ

道の辺の地蔵にいつも祈りゐし少女は病ひに
逝きしと聞きぬ

消えてまた生まるる星もあるといふ仰ぐ銀河
の光いとしも

あとがき

平成二四年の夏に最初の「田園の日々」を上梓してから六年余の歳月が過ぎた。その間、私の身辺や社会の動きにもさまざまなできごとがあり、この目に映り心に感じたそれらのことを書きとめてまたこのような本にしてみた。今回も前回と同じスタイルで短歌とエッセーをまとめ、タイトルも「田園の日々Ⅱ」とした。

私はいわゆる短歌結社には属していない。購読している信濃毎日新聞の「信毎歌壇」が主な投稿の場なので、そこに載った作品と合わせて古い歌稿ノートに書きつけてあった歌も拾いあげてこの本の中に収めた。拙《つたな》い歌ばかりであるが陽の目を見ずに眠っていた水子のようなそれらの歌もまぎれもなく私の分身である。

なお信毎歌壇では米川千嘉子先生の選で思いがけなく第九十九回期間賞を頂戴

して大変嬉しかった。期間賞はこれで三度目の受賞になるが、平凡な日常の一こまを詠んだ私の歌にあたたかい評価をいただいた米川先生に感謝申しあげたい。

その昔豆腐屋なりし吾が家の包丁を時々納屋へ見にゆく

受賞作品となったこの歌に先生から次のような選評が添えられた。

「『その昔』は作者が生まれていない頃なのだろう。そんな過去の形見はこの家には他にない。包丁に興味があるのでもないし、見に行ったから何が変るわけでもない。しかし包丁が知っている時間は確かに作者の今に繋《つな》がっていてその存在は確かに作者を安心させる。淡々と詠った味わいが深い。」

まるで自分の胸中を言い当てられたようなそのことばに私は大いに敬服した。

信毎歌壇のほかのお二人の選者と同様に米川先生にも県内の短歌教室で指導を受け、懇親会のテーブルでグラスを並べる機会を得たことはいい思い出になった。

またエッセーの方は新聞に掲載された「生活雑記」や「私の声」とそれに時折

りペンの赴《おもむ》くままに書いてきた文章を載せた。私自身、古稀を過ぎて人生の残り時間はあまり多くはないのだが、この年になって今まで気づかなかったものが見えることもあり不思議な気持を覚えることがある。それはたとえば日頃見慣れている季節の移ろいの中の些事《さじ》であったり、人間の心の模様だったりする。

この「田園の日々Ⅱ」には短歌三三六首とエッセー一〇篇を収めたが、表紙カバーの波線の部分は前回と同じように自分でデザインして描いてみた。また今回も信毎書籍印刷様にお願いして出版のはこびとなったことは嬉しく思う。関係スタッフのみなさま方に改めて御礼申しあげたい。

平成三〇年　初冬

小野沢　竹次

著者略歴　（小野沢《おのざわ》　竹次《たけつぐ》）

昭和二十一年十二月二十日生まれ
四十年　三月　長野県須坂園芸高校卒業
四十一年三月　長野県園芸試験場修了、生家にて農業に従事する
同年　　五月　信毎歌壇に投稿を始め入選する
四十八年四月　飯山市農業青年会議会長
五十三年四月　ＮＨＫ長野県視聴者会議委員
五十七年四月　飯山市農協青年部部長
平成　三年三月　アマ竜王戦長野県大会Ｂ級優勝（読売新聞社主催）
　十九年九月　朝日アマ将棋名人戦長野県大会一般戦Ａ級優勝（朝日新聞社主催）
二十二年二月　信毎歌壇第九十回期間賞受賞
二十四年一月　信毎歌壇第九十四回期間賞受賞
二十六年七月　信毎歌壇第九十九回期間賞受賞

短歌とエッセー
田園の日々Ⅱ

平成30年12月19日発行

著　者　小野沢竹次
〒389-2232 長野県飯山市大字下木島254
TEL (0269)62-5611

発行人　竹内　定美

発行所　信毎書籍出版センター
〒381-0037 長野県長野市西和田1-30-3
TEL (026)243-2105
FAX (026)243-3494

印　刷　信毎書籍印刷株式会社

製　本　渋谷文泉閣株式会社

ISBN978-4-88411-156-4
定価はカバーに表示してあります